AF388797

VENTE A PARIS

Le Vendredi 6 Mai 1910

———

ANTIQUITÉS
Grecques et Romaines

Mᵐᵉ Raymond SERRURE

19, RUE DES PETITS-CHAMPS

PARIS

ANTIQUITÉS
Grecques et Romaines

— ✤ —

TERRES CUITES, BRONZES, MARBRES

VENTE AUX ENCHERES PUBLIQUES

A PARIS, HOTEL DES COMMISSAIRES-PRISEURS, RUE DROUOT

SALLE N° 7, AU PREMIER ÉTAGE

Le Vendredi 6 Mai 1910

A DEUX HEURES PRÉCISES

EXPOSITION PUBLIQUE UNE HEURE AVANT LA VACATION

Commissaire-Priseur :
M⁰ André DESVOUGES
Successeur de M⁰ Maurice DELESTRE
26, Rue de la Grange-Batelière

Expert :
Mme Raymond SERRURE
19, Rue des Petits-Champs

PARIS

CONDITIONS DE LA VENTE

La vente sera faite au comptant.

Les adjudicataires paieront *dix pour cent* en sus des enchères.

L'exposition mettant les acheteurs à même de juger de l'état des objets catalogués, aucune réclamation ne sera admise aussitôt l'adjudication prononcée, sauf le cas d'erreur matérielle.

Mme Raymond SERRURE se charge, aux conditions habituelles (5 o/o sur la limite), des commissions qu'on voudra bien lui confier.

ANTIQUITÉS

Verres

1 — Verre à boire, cercles gravés. Irisation. Haut. 80 $\frac{m}{m}$.

2 — Petite coupe à pied irisée. (Pied recollé).

3 — Ampoule à quatre dépressions et à col évasé. Irisation verte. Haut. 80 $\frac{m}{m}$.

4 — Petite bouteille amphorisque panse cannelée, pâte rougeâtre. Haut. 115 $\frac{m}{m}$.

5 — Flacons jumeaux enroulés de filets ; deux petites anses latérales et une anse supérieure. Belle irisation. Haut. 150 $\frac{m}{m}$.

6 — Balsamaire phénicien à deux anses pâte opaque rougeâtre, marbrures violettes. Haut. 140 $\frac{m}{m}$. (Restauré).

7 — Joli vase à anses, large embouchure, panse pomiforme à côtes, Irisation violette. Haut. 60 $\frac{m}{m}$. (Légèr^t. restauré).

8 — Petit verre sidonien pâte épaisse. Irisation métallique. Haut. 75 $\frac{m}{m}$. (Ebréché au col).

9 — Petite bouteille piriforme goulot droit. Pâte verte épaisse bien irisée. Haut. 105 $\frac{m}{m}$.

10 — Petit vase amphorisque à pied, à deux anses, pâte de verre épaisse. Haut. 50 $\frac{m}{m}$. (Lég^t. ébréché).

11 — Flacon forme chandelier, bien irisé. Haut. 150 $\frac{m}{m}$.

12 — Petit vase piriforme cannelé, goulot élancé. Irisation. Haut. 120 $\frac{m}{m}$.

13 — Oenochoe à panse quadrangulaire, goulot trilobé. Irisation. Haut. 110 $\frac{m}{m}$.

14 — Bouteille sphérique à petit goulot ; verre épais. Haut. 70 $\frac{m}{m}$.

15 — Ampoule à quatre dépressions ; bien irisée. Haut. 80 $\frac{m}{m}$.

16 — Vase à pied de forme élégante à panse piriforme, co¹ évasé. Haut. 220 ™.

17 — Flacon forme chandelier. Irisation arc-en-ciel. Haut. 170 ™.

18 — Alabaster phénicien, pâte épaisse bleue, deux petites anses simulées; marbrures et cercles jaunes. Haut. 95 ™.

19 — Flacons jumeaux enroulés de filets Irisation bleuâtre. Haut. 110 ™.

20 — Petite ampoule à dépressions. — Deux petits flacons forme chandelier — vases forme omom. — Ens. 4 p.

21 — Bouteille forme biberon. Très belle irisation multicolore. Haut. 80 ™.

22 — Vase pomiforme et trois petits flacons forme chandeliers. Ens. 4 p.

23 — Flacon forme chandelier. Belle irisation verte Haut. 150 ™.

24 — Gobelet de lampe arabe. Irisation. Haut. 135 ™.

25 — Bracelet pâte de verre. Irisation multicolore.

26 — Bol pâte fine. Irisation brillante. Haut. 60 ™.

27 — Petit vase phénicien à deux anses, dentelures bleues. Haut. 45 ™.

28 — Oenochoe byzantine, panse hexagonale à moulures, bec trilobé ; pâte jaune. Haut. 135 ™.

29 — Flacons jumeaux, pâte verte, anses latérales descendant en festons le long de la panse. Haut. 115 ™.

30 — Bouteille pomiforme, goulot droit. Très belle irisation. Haut. 120 ™.

31 — Amphorisque pâte bleue, opaque, chevrons, bleu lapis et jaune d'ocre. Phénicie. Haut. 70 ™. (Recollé).

32 — Vase conique pâte verte avec anse supérieure, bord festonné, quatre rangs de festons descendent le long du vase qui se termine par un bouton central. Haut. 250 ™. Belle pièce rare.

33 — Vase pomiforme à large embouchure, deux petites anses pâte bleue, la panse ornée de festons et de filets bleus. Haut. 85 ™.

34 — Flacons jumeaux enroulés de filets, anses latérales et une anse supérieure. Irisation. Haut. 135^m_m.

35 — Petit vase pomiforme, goulot évasé. Irisation mauve. Haut. 75^m_m.

36 — Verre à pied cannelé. Irisation. Haut. 80^m_m.

37 — Vase pomiforme irisé, goulot évasé, deux anses, pâte verte. Haut. 135^m_m.

38 — Jolie coupe à pied. Belle irisation. Diam. 220^m_m.

39 — Perles pâte de verre multicolores réunies en collier. 53 p.

40 — Flacon forme chandelier à plusieurs renflements. Irisation granitée. Haut. 230^m_m.

41 — Flacon forme fuseau orné de filets et dentelures pâte de verre bleu. Long. 280^m_m. Rare.

42 — Balsamaire à panse cannelée en torsade, deux petites anses, le col enroulé de filets. Irisation mauve. Haut. 120^m_m.

43 — Quarante-huit perles rondes et amulettes formant collier.

44 — Collier formé de quarante-cinq perles terre cuite et pâte de verre.

45 — Autre formé de soixante-quatre perles cylindriques ou rondes multicolores.

46 — Autre : cinquante-six perles pâtes de verre et amulettes.

47 — Collier formé d'amulettes terre émaillée et de perles dorées, bleu-lapis et cornaline. Long. 440^m_m.

48 — Amulettes égyptiennes terre cuite réunies en collier. 19 p.

48 *bis* — Quatre bracelets, pâte de verre, émaillés ou torsadés.

TERRES CUITES

49 — Oenochoé à bec vertical. Terre rouge. Haut. 120^m_m. Chypre.

50 — Coupe à deux anses et à pied extérieur décoré de dessins géométriques noirs sur fond rouge. Diam. 150^m_m.

51 — Vase à une anse, goulot vertical, dessins géométriques. Terre blanche. 140^m_m.

52 — Deux autres, même forme avec trois pieds. Haut. 180^m_m.

53 — Vase à anse, en forme de biberon orné de saillies. Terre blanche. Long. 170 ™⁄ₘ.

54 — Aryballe à panse sphérique et goulot plat, décor de cygnes et rosaces peints en brun sur fond jaune. Haut. 85 ™⁄ₘ·

55 — Coupe profonde à deux anses et à pied, vernis noir. Sur une zone réservée en rouge, théorie d'animaux peints en noir. Haut. 120 ™⁄ₘ. (Recollée.)

56 — Grande pyxis ronde avec couvercle. La panse est décorée de dessins géométriques et de croix gammées. Le couvercle est surmonté de deux petits chevaux de style archaïque formant bouton. Haut. avec les chevaux 180 ™⁄ₘ. Diam. 220 ™⁄ₘ.

57 — Cratère : figures noires rehaussées de rouge sur fond jaune. Satyres, ménades et sphinx. Haut. 140 ™⁄ₘ. (Recollé.)

58 — Grande oenochoé vernis noir. Sur la panse, tableau en rouge : Bacchus sur un lit de repos, prenant une coupe que lui présente Ariane ; à ses pieds un chien, décor de pampres. Haut. 240 ™⁄ₘ.

59 — Vase en forme de tête de femme, goulot vertical et anse. — Vase forme gourde avec anse supérieure. Long. 90 ™⁄ₘ. Ens. 2 p.

60 — Trois petites oenochoés vernis noir, formes variées.

61 — Lécythe attique : figures noires sur une zone réservée en rouge. Théorie de satyres. Haut. 240 ™⁄ₘ.

62 — Lécythe attique à fond rouge et figures noires : deux guerriers combattant un cavalier armé. Haut. 230 ™⁄ₘ. (Restauré.)

63 — Deux lécythes : décor archaïque, cavaliers et satyres, figures noires sur fond rouge. H. 160 ™⁄ₘ.

64 — Petit lécythe : un oiseau peint en rouge sur fond vernis noir. Haut. 90 ™⁄ₘ.

65 — Oenochoe, bouche ronde : quatre jeunes femmes près d'une fontaine à têtes de lion. H. 250 ™⁄ₘ.

66 — Vase skyphos : serpentins et décors peints en jaune et blanc sur fond noir. H. 100 ™⁄ₘ.

67 — Vase genre situle : guerrier et jeune homme drapé deb., peinture rouge sur fond noir. H. 400 ™⁄ₘ.

68 — Petit vase apode, forme ovoïde, deux oreilles humaines simulent les anses. Sur la panse, les inscriptions AVDITE ET R. M. D. COMVNIS OP. Terre vernissée blanche. Haut. 100 ㎜.

69 — Vase lécythe à décor : génie ailé volant au-dessus d'un canard. Peinture rouge rehaussée de blanc sur fond noir. Haut. 135 ㎜.

70 — Oenochoé bouche ronde : génie ailé présentant une bandelette à une femme drapée. Figures rouges sur fond vernis noir. Traces de dorure. Haut. 105 ㎜.

71 — Amphore : enfants devant une coupe, figures rouges sur fond vernis noir.

72 — Petit cratère vernis noir. Haut. 70 ㎜.

73 — Coupe à anses et à pied, décor extérieur de palmettes sur fond rouge. Diam. 90 ㎜.

74 — Amphore à décor : génie ailé apportant des présents à une femme. et deux femmes deb. devant un autel. Basse époque. Haut. 350 ㎜.

75 — Lot de trois vases : lécythe blanc, scène d'offrandes, lécythe vernis noir, oenochoé bouche trilobée. Peinture jaune sur fond noir. Haut. 200 ㎜.

76 — Lampe terre grise, le dessus orné de dessins géométriques. — Autre, terre rouge, amour sur une chèvre. Ens. 2 p.

77 — Lampe dont l'anneau est formé d'un croissant ; sur le couvercle, femme et fruits. — Autre ornée d'une tête casquée. Ens. 2 p. Terre rouge vernissée.

78 — Autre : l'anse est surmontée d'un masque de satyre. Terre rouge. Long. 90 ㎜. — Une autre, le dessus orné d'un cerf. Long. 100 ㎜. Terre rouge. Ens. 2 p.

79 — Lampe à anses simulées, le dessus orné d'un cep de vigne très en relief (le bec brisé). Long. 65 ㎜.

80 — Autre à anse, le dessus orné d'un buste de femme sur un croissant, autour, quatre étoiles. Terre vernissée. Long. 110 ㎜.

81 — Cruche à anse faïence vernissée bleu-vert, dessins noirs. Haut. 150 ㎜. Perse.

82 — Cheval et âne. Style primitif. Haut. 100 et 80 ㎜.

83 — Masque scénique, yeux et bouche ajourés. Terre blanche. Traces de couleur rose. Haut. 110 m/m.

84 — Maquette plate : figure primitive de déesse, les bras ramenés sur la poitrine. Terre grise. Haut. 230 m/m.

85 — Figurine archaïque, bras et jambes articulés (poupée). Terre jaune. Haut. 120 m/m.

86 — Femme voilée assise, les mains sur les genoux. Terre jaune. Haut. 110 m/m.

87 — Déesse archaïque assise sur un trône et tenant une patère. Terre rouge. Haut. 200 m/m.

88 — Tête de déesse archaïque avec haut diadème. Terre rouge. Haut. 80 m/m. Socle bois noir.

89 — Deux figurines de déesses archaïques drapées et diadémées. Traces de blanc. Haut. 120 m/m.

90 — Déesse, haute coiffure, drapée, la main droite repliée sur la poitrine. Socle creux. Coloration blanche. Traces de rouge. Haut. 240 m/m.

91 — Déesse nue, style primitif, les bras retenant la coiffure ; près d'elle, un canthare et un petit joueur de flûte. Terre rouge. Haut. 200 m/m.

92 — Déesse primitive assise sur un trône. Terre jaune. — Figurine femme assise. Haut. 100 m/m. Ens. 2 p.

93 — Figure archaïque, femme assise. Couleur blanche. Haut. 140 m/m.

94 — Tête de déesse haut diadème, figure souriante. Terre grise. Socle bois noir. Haut. 90 m/m.

95 — Masque funéraire d'homme, cheveux et barbe frisés peints en noir. Coloration rosée. Long. 250 m/m.

96 — Guttus en forme d'homme assis, terre jaune, couverte noire, l'anse manque. Haut. 150 m/m. (Restauré).

97 — Femme voilée assise. Terre rouge. 110 m/m.

98 — Tête de femme diadémée, bon style. Terre jaune. Socle marbre. Haut. 90 m/m. (Restaurée).

99 — Grotesque accroupi. Couleur rouge. — Déesse assise. Terre jaune. Haut. 90 m/m. Ens. 2 p.

100 — Figurine de femme deb. entièrement drapée. Haut. 180 m/m.

101 — Déesse diadémée demi nue, tenant son voile arrondi au-dessus de la tête, deb. sur un socle rond creux. Traces de blanc sous une croûte terreuse. Haut. 265 %.

102 — Femme drapée deb. Terre rouge. Haut. 270 %.

103 — Jeune fille deb. drapée. Terre rouge. Base plate. Haut. 150 %.

104 — Jeune homme coiffé d'un chapeau plat, deb. et drapé. Terre rouge. Haut. avec le socle creux 200 %.

105 — Petit amour deb. les ailes éployées. Terre rouge. Haut. avec base 120 %.

106 — Vénus diadémée deb. près d'un cippe, portant les deux mains à sa tête. Terre jaune. Haut. 330 %.

107 — Figurine de jeune femme voilée, deb. sur un socle. Coloration blanche. Traces de rouge. Haut. 130 %.

108 — Berger assis sur un rocher, jouant de la flûte. Haut. 120 %.

109 — Applique creuse. Buste de femme voilée ramenant les deux mains sur sa poitrine. Haut. 125 %.

110 — Femme drapée deb. Terre jaune, croûte grise. Haut. 200 %.

111 — Lot : Femmes drapées. Berger assis. Ens. 3 p.

112 — Jeune garçon assis lisant. Haut. 75 %.

113 — Jeune fille deb., coiffure à côtes, entièrement drapée, tenant un éventail en forme de feuille. Base plate. Terre jaune. Traces de blanc. Haut. 100 %.

114 — Vénus diadémée nue deb. serrant sa draperie ; près d'elle un enfant nu. Socle rond. Haut. 200 %.

115 — Deux antéfixes : Têtes de femme de face. Terre blanche. Traces de coloration rouge. Haut. 50 %.

116 — Lot amulettes : divinités égyptiennes. Terre émaillée turquoise, 4 p.

117 — Lot de 24 petites têtes terre cuite.

118 — Lot varia : figurines, lampes, animaux, cachets. Ens. 12 pièces.

119 — Jeune fille dans l'attitude de la danse, drapée, coiffure en diadème. Traces de rose. Haut. 180 %.

120 — Jeune femme drapée robe à plis, ramenant de la main dr. son himation sur la poitrine; coiffure en grosse torsade et chignon bas. Base plate. Coloration bleu-de-ciel et rose. Haut. 190 $^m/_m$. (Vente Greau).

121 — Autre. Même genre, même coloration. Coiffure simple à chignon bas. Haut. 180 $^m/_m$. (Vente Gréau).

122 — Figurine de Tyché portant de la main g. une corne d'abondance et s'appuyant à dr. sur un gouvernail. Socle creux. Haut. 190 $^m/_m$. (Vente Gréau).

123 — Femme deb. drapée, le bras dr. sur la hanche, la main g. abaissée retenant le manteau. Base moulurée. Haut. 200 $^m/_m$. (Tête recollée).

124 — Jeune Tanagréenne marchant. (Peut être Diane chasseresse), elle est vêtue d'une robe à plis et d'un manteau qu'elle retient des deux mains. Base plate. Traces de coloration rose. Haut. 130 $^m/_m$.

125 — Femme drapée dans un chiton collant, à large ceinture; elle est chaussée et porte une draperie sur le bras g. Haut. 200 $^m/_m$. (La tête et l'avant-bras manquent). (Vente Gréau).

126 — Deux têtes de statuettes, phénicienne et chypriote.

127 — Lot : Appliques, têtes et statuette égyptienne émaillée. Ens. 7 p.

BRONZES

128 — Statuette d'Horus tenant une corne d'abondance et portant l'index à sa bouche. Haut. 105 $^m/_m$. Patine verte.

129 — Autre avec la coiffure royale. Patine brune. Haut. 120 $^m/_m$.

130 — Bœuf Apis coiffé du disque. Haut. 75 $^m/_m$.

131 — Petit alabaster muni de son anse. — Petit masque. — Tête de bélier (manche de patère). Ens. 3 p.

132 — Tête de chat. Patine verte. Haut, 50 $^m/_m$.

133 — Adorant coiffé du bonnet asiatique. Style primitif. Patine brune. Socle bois forme de console. Long. 200 $^m/_m$.

134 — Horus levant les bras. Haut. 50 $^m/_m$. Socle marbre.

135 — Statuette d'Adorant. Haut. 45%. Socle marbre.

136 — Peson avec anneau de suspension. Buste de Jupiter coiffé du modius. Haut. 55%.

137 — Alabaster : Scène d'offrandes (L'anse manque). Patine verte. Haut. 175%.

138 — Bœuf Apis, coiffé du disque à l'uréus, le dos orné de traits et dessins gravés. Haut. 80%. Socle en bois.

139 — Deux statuettes. Style rudimentaire. Haut. 115%.

140 — Divinité étrusque. Socle bois. Haut. 90%.

141 — Mercure coiffé du pétase ailé, tenant le caducée. Patine verte. Haut. 85%.

142 — Divinité hétéenne. Patine verte. Haut. 75%.

143 — Petit amour les ailes éployées, coiffé du bonnet conique. assis sur un rocher. Haut. 45%. Socle marbre.

144 — Déesse barbare. Vénus ? tenant un miroir. Syrie. Haut. 170%.

145 — Protome de chien, taureaux. 3 p.

146 — Lot de quatre petites statuettes.

147 — Mascaron : Figure de face imberbe. Patine verte.

148 — Autre avec anneau de suspension, au centre une tête de lion en relief. Diam. 100%.

149 — Manche de patère cannelé, terminé par une tête de bélier. Patine verte. Long. 140%.

150 — Pied de ciste représentant une griffe de lion, surmonté d'une tête de lion. Haut. 85%.

151 — Buste en forme d'applique représentant une bacchante. Haut. 55%.

152 — Hercule dans l'attitude du combat. Style rudimentaire. Patine vert clair. Socle marbre. Haut. 105%.

153 — Autre. Même style primitif. Les bras manquent. Patine verte. Haut. 105%.

154 — Petite tête de femme encadrée de cheveux calamistrés. Patine verte. Haut. 75%. Socle marbre.

155 — Tête de statue : Mercure coiffée du pétase à ailerons. Bronze, creux, patine verte. Haut. 150$^{m/m}$. (Collection Hoffmann).

156 — Couvercle de boite à miroir décoré en relief d'un amour agenouillé, nouant les cordons de sa sandale. Patine verte. Diam. 75$^{m/m}$.

157 — Hercule nu debout, portant la dépouille du lion. Patine vert foncé. Haut. 150$^{m/m}$. Socle marbre.

158 — Figurine de Cérès tenant une patère. Socle bois. Haut. 75$^{m/m}$. — Satyre ityphallique. Ens. 2 p.

159 — Lot divers : agrafes, pièce de harnachement, clef. Ens. 3 p.

160 — Lot figures d'animaux divers, chien, chèvre, cheval, sanglier. Ens. 6 p.

161 — Guerrier dans l'attitude du combat. Haut. 65$^{m/m}$.

162 — Lot de pesons : buste de Jupiter, tête d'homme barbu. Ens. 5 p.

163 — Petite patère avec son manche. Patine foncée. Longueur 250$^{m/m}$.

164 — Chaudron de forme cylindrique avec anse supérieure. Patine verte. Haut. 130$^{m/m}$. Diam. 160$^{m/m}$.

165 — Ornement de ciste : Hercule et le lion. Long. 90$^{m/m}$.

166 — Taureau archaïque. Socle bois. — Autre, style plus récent. Long. 65$^{m/m}$. Socle marbre. Ens. 2 p.

167 — Masque imberbe en forme d'applique avec anneau de suspension. Haut. 85$^{m/m}$. Patine verte.

168 — Deux statuettes : Victoire deb. Déesse sur un cippe.

169 — Anse de vase ornée au centre d'une tête de lion et à ses extrémités de deux têtes de cynocéphales. Long. 155$^{m/m}$. — Autre décorée de palmettes. Ens. 2 p.

170 — Anse étrusque terminée par une tête de femme ailée et une palmette. Long. 190$^{m/m}$. Patine verte.

171 — Lot : anse de vase en forme de dauphin. — Animal informe. — Masque comique. Ens. 5 p.

172 — Fibule dont le pivot est décoré de trois boules. Patine verte. Long. 75$^{m/m}$.

173 — Bague de bronze, sur le chaton un monog. gravé. Patine foncée.

174 — Trois fibules à arc complètes, avec patine.

175 — Aigle avec la coiffure royale. Haut. 70$^m/_m$, — Autre plus petit. Ens. 2 p.

176 — Deux anses de vase étrusque, ornées aux deux extrémités de deux masques de Silène. Belle patine vert foncé.

177 — Anse de ciste terminée à chaque extrémité par une main ouverte.

178 — Deux petites haches à douille creuse et anneau latéral. Patine verte.

179 — Lot de quatre fibules munies de leur ardillon, formes variées.

180 — Cachet de potier? avec anneau. Deux fibules incomplètes.

181 — Bracelet creux sans ornement, les extrémités rapprochées.

182 — Bracelet plein uni. Patine verte.

183 — Hache pleine à lame évasée. Patine verte. Long. 170$^m/_m$.

184 — Deux autres haches à douille creuse, munie d'un anneau. Long. 110$^m/_m$.

DIVERS

185 — Petite tête de personnage civil. Granit noir. Egypte.

186 — Épervier, bois recouvert d'un vernis émaillé bleu et rouge. Haut. 90$^m/_m$. Egypte.

187 — Buste de personnage civil coiffé du klaft. Granit noir. Haut. 180$^m/_m$. (Incomplet).

188 — Lot de figurines en os : maquettes plates représentant des têtes d'hommes couronnées. Style rudimentaire, ayant peut-être servi de jouets.

189 — Lot de trois haches de silex.

190 — Pied droit de statue grandeur naturelle, chaussé d'une sandale. Long. 250$^m/_m$. Marbre blanc.

191 — Enfant nu deb. Le bas des jambes et le bras droit manquent. Haut. 105%. Marbre blanc.

192 — Torse de femme vêtue d'une robe et d'une tunique courte. Haut. 170%. Marbre blanc avec socle.

193 — Pied de statue chaussé d'une sandale. Marbre blanc. Long. 310$^{m}_{m}$. Haut. 330%.

194 — Tête d'Hercule ancien style. Pierre calcaire. Haut. 110$^{m}_{m}$. Socle marbre.

195 — Bas-relief représentant vue de trois quarts, la tête d'Alexandre-le-Grand? Marbre blanc. Haut. 300%.

196 — Lot de cinq petits vases formes différentes. Terre rouge et terre grise.

197 — Lot varia.

198 — Mosaïque : Sujets en couleur, écureuils et oiseaux. Haut. 50 cent. Larg. 60 cent.

RED. :

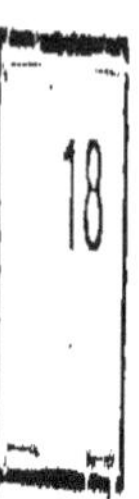

18

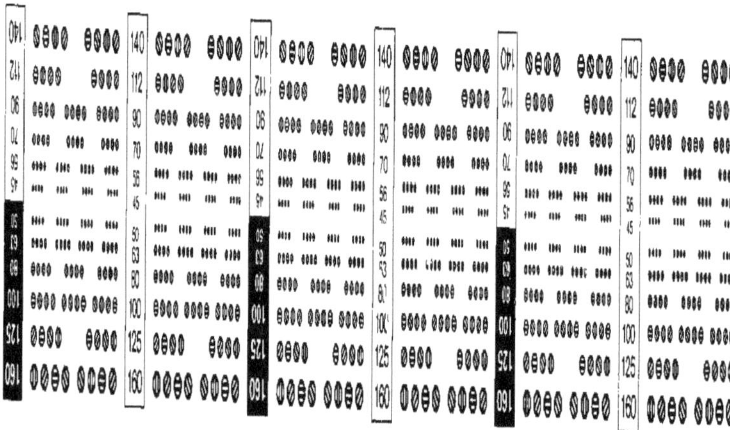

MIRE ISO N° 1
NF Z 43-007
AFNOR
Cedex 7 – 92080 PARIS-LA-DÉFENSE
graphicom

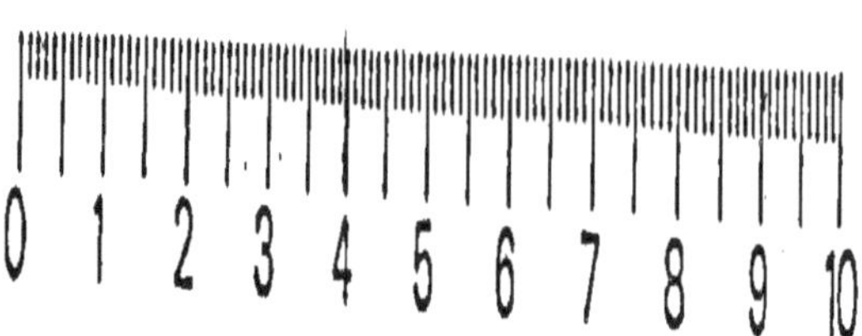

0 1 2 3 4 5 6 7 8 9 10